KB080138

오래된 남편

오래된 남편
윤나경

내 시를 읽고

사람들이

행복했으면 좋겠습니다.

차례

1부

사람이
사람을
좋아한다는 건

2부

내가
사랑하기에
너무
아까운 여자

3부

공세리 성당 같은 사람

4부

모든 슬픔을 뚝 떼어 똑같이 나눠 가졌던 그가 죽어 간다

5부

오래된 남편 같은

1부

사람이
사람을
좋아한다는 건

사랑,
그 쓸쓸함을

그렇게도

잊을 수 없다던 사람을

떠나보내고

잘 살고 있는 내가

쓸쓸해집니다

왜 당신을 사랑하게 했는지

당신 가슴 치며

울던 날 밤

조용히 이별 방법을 생각하면서도

속수무책이었던

내가

시간이라는 명약을 얻었습니다

문득문득

약 기운이 떨어져

밤에 서럽게 혼자 울어도

그 시간이라는 약은

아침을 주고

생활을 주고

인생을 줍니다

그리고 또 다른 사랑을 줍니다

사랑, 그 쓸쓸함을

농담

농담이야
너는 어설프게
말꼬리를 내린다

좋아한다고 했다가
아니라고 했다가
다시 또 농담이라고 했다가

눈을 똥그랗게 뜨고
올려다보는 나를 짐짓 외면하며
중얼댄다

어제는 진심인 듯 말을 꺼내고
오늘은 별거 아니라는 듯 얼버무리고

도시 무엇이 사실인지 마구 헷갈리게

농담이야

그저 한 말이야

무슨 내가 널 좋아하니

그게 말이 되니?

30년을 친구로 지낸 나에게

농담만 하는 너

한 번도 진심이 없었던 것처럼

희희낙락 까불기만 하는

삼립 호빵을 한가득 물고

앙꼬 보이지?

넌 나에게 앙꼬 같은 아이야

농담이야

호빵 속의 앙꼬 같은

그런 농담이야 농담

썸

닿을 듯 말듯

올 듯 말 듯

당신은 거기에만 있네요

한 걸음 다가가면

한 걸음 물러서고

저는 어리둥절합니다

조금만 와 주면 안 될까요

제가 더 가겠습니다

그대로만 있어 줘요

제발 달아나지 마세요

제 마음이 맘대로 안 돼요

당신은 어떤가요

아무렇지도 않나요

그 긴 눈빛은 무슨 말을 하고 있는 건가요

분명 할 말이 있는 거 같은데

속시원히 말해 봐요

저도 할게요

더 이상은 감출 수가 없어요

당신도 이미 들켰어요

붉어진 당신의 볼이 말을 하는데요

그만합시다

밀고 당기는 거

유쾌하게 그냥 사랑합시다

이 나이에 뭐 따질 게 있나요

더 이상 고민하고 싶지 않아요

내 마음에 당신이 들어왔는데

당신 맘에 내가 들어간 게 보이는데

웃어 봐요

제게 안겨 봐요

가리지 맙시다

마음 흐르는 대로 가요

저도 갈 테니 당신도 오세요

서로에게 꽃이 되어 줍시다

이제 의미가 되어 주자고요

이름을 불러요

크게

저도 당신의 이름을 부르며

폴짝폴짝 뛰어가겠습니다

보석

당신은
날 우끼려고
태어난 게 맞지?

넌지시 보고만 있어도 우껴
저 입으로 또 무슨 말을 할까

그런 재치는 어디서 온 거야
엄마가 줬나
상상도 못할 말로 상황 종료

우린 매일 싸우는데

흐지부지 화가 어디론가 새 나가

당신이 슬쩍 빼돌리는 거 같은데

감쪽같아

언제 그랬냐는 듯

싱글벙글거리는 당신은 마술사 같아

세상에 이런 사람이 남편이라니

나라를 백 번 천 번은 구한 거지

오늘도 당신은 우겨

별것도 아닌데 요상하게 말을 갖다 붙여

그러면 시답지 않은 언어들이

꽃으로 변해서 활활 타올라

어느새 내 얼굴은 함박이 되어 가지

아무래도 당신은 잘못 태어난 거 같아

지구에 올 사람이 아닌데

난 매일 당신에게서 기적을 봐
그 속에 숨어 있는 행복도 항상 만져 보지

언어의 연금술사
당신의 입에서 나오는 말은 모난 게 없고
따듯한 망을 쓰고 나와서 주위를 환하게 바꿔 버려
그 말에 취해서 다들 제정신이 아니야
웃느냐고 한바탕 난리들이야

오래 살아 줘
당신 같은 사람이 길게 살아야
세상이 조금은 밝아지지
내 옆에 두고두고 당신을 볼 거야
모든 사람들이 당신처럼만 산다면
기가 막히게 몹시 아름다워져 갈 텐데

오티움

유유자적

네고티움보다는

오티움이여

아무도

나를 지시하지 마세요

멋대로 살아가겠습니다

오직 예술만이 나를

가두게 하세요

오디움 : 영혼과 정신을 높이 갈고 닦는 시간

네고티움 : 의무와 제약으로 이루어진 삶

생활도 떠나고

완전한 해방만이 남기를

내가 존재하는 것에만

나는 집중합니다

당신의 시선은 무관해요

보고 듣고 느끼고 만지고

그게 저의 전부입니다

슈퍼
아저씨

내가 잘 가는 슈퍼
아저씨가 주인인데
이상하게 항상 슬퍼 보였다

말도 크게 안 하고
행동도 조심스러운 게
왜 그렇게 짠하고 아픈지
가서 한번 안아 줘야 할 거 같은

계산을 하고 돌아서 나오려면
꼭 아저씨가 나를 붙드는 것만 같았다

어느 날 그 아저씨가
자살했다는 소식을 들었다
돈도 뜯기고 아내도 바람이 나고

아저씨가 꿈꾸던 죽음은
그 얼굴 위로 길게 그림을 드리우고
몸짓 하나하나에도
그 아픔을 흠씻 물들여 버렸던가

어디쯤 가서 자신의 것들을
다 내려놓았을까
선하던 눈빛 미덥던 입 매무새
이제는 편안히 웃고 있으려나
다 잊고 근심 없이 잘 지내려는가

봄

사비 문학회에 갔다가
한 남자를 만났다

5분 정도 얘기를 했을까
가슴이 떨려 왔다

기가 막혔다
이런 감정이 아직도 있다니

어처구니 없는 한숨을 지으며
물끄러미 바라봤다

이름도 모르는 사람

지금 헤어지면 언제 볼지도 모르는

가벼운 듯 작별 인사를 하고

아무렇지도 않게 돌아서 왔다

봄은 이렇게 예기치 않게

나에게 왔다가 떠나는 건가 보다

미소

포로가 되어서

감방에 갇혔습니다

내일이면 처형될 거 같은

분위기였어요

신경이 곤두서서

담배를 찾았습니다

다행히 한 개피를 찾았지만

불이 없었습니다

창살 사이로 간수를 바라보다

겨우 말을 꺼냈어요

성냥을 켜는데 우연히 시선이 마주쳤고

무심코 미소를 지어 보였습니다

그 순간 두 사람의 가슴속에

불꽃이 점화됐습니다

나의 미소가 창살을 넘어가

그의 입술에도 미소를 머금게 한 거죠

간수는 하나의 살아 있는 인간이었습니다

나를 보는 그의 시선 역시 그러했어요

서로가 자식에 대해 얘기를 했고

나는 이제 그들을 보지 못할 거 같아 두렵다고 했죠

그의 눈에도 눈물이 어른거리기 시작했습니다

갑자기 일어나 감옥 문을 열었죠

조용히 나를 밖으로 끌어내더니

뒷길로 해서 마을 밖까지 안내해 줬어요

그는 한마디도 남기지 않은 채 급히 가버렸습니다

한 번의 미소가 목숨을 구해 준 겁니다

어린 왕자를 쓴 생텍쥐페리의

〈미소〉라는 단편 소설입니다

사람의 미소는 신이 선물해 준

서로를 닿게 하는 생명의 끈입니다

배경

조금만 옆으로 가 볼래?

지금 네가 앉아 있는 자리는

구도가 잘 맞지 않아

하늘이 한참 위에 가 있어야 해

꽃은 가까이 와야 하고

바람도 제자리에서 불어 줘야 하는데

그렇지 거기 그 자리에 서 봐

너를 배경으로 자리를 잘 잡아 봐

어디에 있어야 하는지 깨달아 봐

구름은 살짝 비켜서 네 위에 앉고
달은 그 빛으로 너를 흠씬 적셔 주고
네 옆으로 가지런히 시내는 흘러 주면 돼

지금이 딱 좋네
거기서 더는 움직이지 마 봐
너를 중심으로 배경들이 잘 잡혔어

네 곁에 있는 것들을 잊지 마
그것들로 인해서 네가 완성된다는 것을
사소한 그것들이
네 삶을 완성하는 배경이 된다는 것을

사랑의 길

사람이 사람을 좋아한다는 건
하나의 큰 산을 넘는 것 같아

평평한 길도 있고
꼬불꼬불 험악한 길도 있고
오르막 내리막이 있고
낙엽이 있고 꽃들이 웃고 있고

정상을 향해
한 발짝 한 발짝 내딛는 그것이
숨도 못 쉬게 버거울 때가 있고

불어오는 바람에 편안히 행복해질 때가 있고

정상에 올라

세상을 내려다보며 우쭐해지지만

그것도 잠시

내려가는 건 올라가는 것보다 더 힘든 법

너를 사랑하는 일이

내겐 산을 오르는 것처럼 난해한데

사랑이란 감정이 정확하게 어떤 건지

이해도 하지 못했는데

무작정 그립기만 한 끝없는 여정

정상이라고 생각하는 순간

낭떠러지로 떨어지는 것 같고

다 내려왔다고 생각했는데

아직 오르막이 보이기도 하고

끝도 없는 산을 오르는 이 길

멈추고 싶지만 멈춰지지도 않는

돌아가고 싶지만 그러기엔 너무 멀리 와 버린

아득하고 멀기만 한 이 사랑의 길

사는 내내 가야 하는

달콤하지만 살벌한 길

나는 오늘도 먼 산을 바라보며

그저 넋 놓고 눈물만 훔친다

당신의
목소리

당신의 목소리가
길 위에서 튑니다

능소화가 놀랐는지
몽우리를 터뜨립니다

당신의 목소리가
한 번 더 그 위에 앉습니다

터져 버린 능소화는
부끄러워 고개를 숙이며 붉어집니다

다시 당신의 목소리가
능소화를 뚫고 파고 들어갔을 때
천지는 꽃으로 한바탕 난리가 났습니다

희망

외출해 돌아와

코트를 벗는데

인생이라는 소녀가

아는 체를 한다

코트를 옷걸이에 걸으며

자기를 알게 해 주고 싶다 한다

렌즈를 씻으며

화장을 지우며

말을 잃은 나에게

노래를 불러 달라 한다

방문을 열어

달을 보여 주고

달에 대해 얘기하자고 한다

고백할 게 있다고 한다

세수를 하고

발을 씻는 나는

그 소녀를 쳐다볼 여력이 없다는데

볼을 만지고

머리카락 귀에 꽂아 주며

친하자고 한다.

쓸쓸한 허리에

이불을 덮어 주며

살포시 안아 잠들게 한다

꿈에서도

내 곁에 와

마저 하지 못한 말이 있다고

"항상 너를 사랑해"

2부

내가
사랑하기에
너무 아까운 여자

유쾌한 소방관

내가 좋아하는 소방관이 있다
불 끄는 소방관
내가 화가 나면 내 마음의 불도 꺼 준다

살면서 이렇게까지 유쾌한 사람이 있을까
즐겁다
생각만 해도 떠올리기만 해도
따뜻하다

늘 보고 싶다
작게 만들어 주머니에 넣어 다니고 싶다

우울할 때마다

꺼내서 말을 걸고 싶다

소방관 아저씨

불도 잘 끄고 내 마음의 불도

잘 끄고

앞으로는 소방관들이 사람들의

마음의 불을 전부 다 꺼 줬으면 좋겠다

어린이 보호 구역

수도 없이 날라오는 딱지
나는 왜 이 구역에 들어가는가

살면서 사람들을 피하기도 했다
며칠이면 몇 년이면 반드시 헤어졌다
미리미리 손을 써 떨어지는 게 능사인지도

어린이 보호 구역
이런 구역이 내 인생 안에도 있었으면
누구도 들어올 수 없게
들어오면 엄청난 과태료를 물게

말 그대로 어린이를 보호하는 구역

나도 보호해 주길

뭇 사람들에게서 함부로 말하는 사람들에게서

나는 수도 없이 이 구역을 들어가는데

벌금을 무시로 내는데

왜 내 인생의 보호 구역에 들어오는 자들은 내지 않는가

가늠할 수 없는 무한한 과태료를 낼지도 모르니

들어오면 안 됩니다

난 오늘부터

어린이 보호 구역을 내 삶 안에 지정해 놓는다

허락 없이는 들어오지 마시오

영원한 어린이 보호 구역이니

평생 함부로 오면 안 됩니다

면허가 정지될 수 있으니 명심하세요

와인
사 가?

〈나의 아저씨〉에서 지안이는 말한다
아저씨가 자주 했던 말 중에
그 말이 가장 따뜻했던 거 같아요
뭐 사 가?

남편은 테니스에서 이기든가
아주 기분 좋은 일이 생기면 묻는다
와인 사 가?

그 말의 끝으로 심한 따뜻함이 몰려온다
아무렇지 않게 하는 말이지만
나는 저 대사가 떠오르면서
많이 행복해진다

와인 사 가?

꼼꼼쟁이 남편이 얼마짜리를

사 오느냐에 따라 그날의 기분을 가늠한다

거금 2만 원짜리를 사 오는 날이면

최고의 상태다

레드 와인을 한 잔 따라

상기된 얼굴로 나를 쳐다보며

볼따구를 잡아당긴다

거나하게 취해

흥얼흥얼 왜 기분이 좋은지 쏟아 낸다

붉은 저 와인처럼

우리의 사랑도 붉게붉게 타 올라

영원히 달콤하길

당신은 나에게 나는 당신에게

잊혀지지 않는 존재로 영원하길

마티스의
그림을 보며

난 르느와르보다
당신이 더 좋아요

화끈한 보색
내 스타일이에요

분명하죠
색도 인생도
당신은 정확해요

가위는 연필보다

더 감각적이다

그릴 수 없어도
당신은 그렸어요

물감 상자를 받아 든 순간
내 운명임을 느꼈다

당신의 그림을 보면서
내가 누구인지 알아냈어요

사랑이 많구나

내가 사람들한테 제일 많이 듣는 말이
사랑이 많구나, 이다

큰오빠와 나는 열여섯 살 차이
금쪽같이 귀한 동생을 얼마나 사랑했는지
말로 다 표현이 안 될 정도였다

가장 늦둥이 막내딸이었기에
부모님의 사랑은 물론
주위 일가친척의 사랑을 한몸에 받았다

금요일에 태어난 사람은 사랑이 많다고 했던가
음력 72년 12월 1일

난 정말 사랑을 많이 받고 자랐다

미움이, 시기가 질투가 뭔지 몰랐던 나는
초등학교에 가서 너무 놀랐다
사람이 사람을 싫어하는 게 너무 낯설었다
저게 무슨 감정이지?
분명 좋은 게 아닌데

나는 그렇게 안 좋은 것들을 터득해 갔는데
여간 곤욕이 아니었다
사랑 속에서 사랑만 알고 사랑만 하던 내가
온갖 역경을 거치며 어른이 되어 갔다

어른이 되었지만
어릴 때부터 자란 사랑은 숨지 못했다
무턱대고 빠져서 사랑하다 상처를 받고
의심 없이 믿다가 사기를 당하고
한없이 용서해 주면서 지쳐 갔다

그래도 내 안의 사랑은 죽지 않고 숨을 쉬었다
조금은 의식을 하면서 대하기도 하지만
여전히 멋대로 사랑을 하는 게 부지기수다

난 이게 좋다
좀 손해를 보고 피해를 당해도
그러면 말지, 나는 사랑을 하며 살 거야
당당히 외치면서 소리 지른다
해볼라면 해 봐
나는 그냥 사랑을 할 테니

사실 이 사랑에 녹지 않는 인간은
단 한 명도 없다
이 사랑이 싫은 사람은 그 어디에도 없다
나는 사는 날까지
이 사랑만 하다 죽을 것이다
그게 내 적성에 가장 맞는 일이다

아프레 쓸라
(Apres cela
그 다음은?)

학비가 떨어져

신부님에게 갔습니다

조금 전에 성도가

돈을 한 뭉치 놓고 갔구나

기뻐서 돌아서 나오는데

질문을 했어요

그 돈을 가지고 가서

뭘 하려느냐

등록금을 내야지요

그 다음은?

열심히 공부해서 졸업을 해야지요

그 다음은?

법관이 되어서 억울한 사람을 돕겠습니다

그 다음은?

장가도 가고 가족들도 먹여 살려야지요

그 다음은?

나는 더 이상 대답하지 못했습니다

그 다음은 죽어야겠지
심판대 앞에 서게 될 거야

결국 학교에는 가지 않았습니다
수도원에 들어가 수도사가 됐지요

내가 죽은 뒤 내 묘비명에는
다음과 같이 써 있을 겁니다

아프레 쓸라(Apres cela, 그 다음은?)

투명한 사람

당신은 투명해

드라마 〈나의 해방일지〉에서

염미정이 구씨에게 한 말이다

너는 투명해

사람들이 나에게 하는 말이다

니가 하는 말은 니 속에 있는 말이야

살면서

투명한 사람보단 투명하지 않은 사람을

더 많이 만났다

투명한 나는 적잖이 놀라서
뒤돌아서곤 했다

그들은 말한다
그렇게 살면 안 돼
그러면 맨날 손해를 보지
나는 평생 손해를 보더라도
지금처럼 투명하게 살 거다

내 맘과 내 말과 내 행실이
삼위가 일체가 되지 않으면 난 알러지가 생긴다
부자연스러워서 숨이 쉬어지지 않는다

세상이 온통 투명했으면 좋겠다
이 지상에서 저 천상이 보일 정도로
모든 사람들이 신처럼 투명하게
아름답게 살아갔으면 좋겠다

15년 만에
만난 사람

당신이 기어이 옵니다

15년 만에 처음 당신을 봅니다

성큼성큼

아무렇지 않게

마치 어제 만난 사람처럼

저~ 기 오고 있네요

반갑게 웃는 당신의 잇속

그때와 똑같이 가지런하네요

좀 내려앉은 눈자위는

세월을 말하며 웃습니다

잘 지냈군요

저도 행복하답니다

15년이 지나서 이렇게 만나다니

당신도 나도 똑같아서 참 다행입니다

변하지 않아서 고맙고

그때처럼 설레지 않아서 안심이 되고

오랜 친구처럼 편해서 다시 출발할 수 있을 것 같습니다

이제는 그때와 다른 길을 가자고요

당신과 내가 같은 목적을 갖고

한 방향으로 나아갈 수 있다는 게 꿈만 같아요

기분이 되게 좋습니다

모든 게 잘될 거 같아 흥분이 됩니다

당신이 살아 있다는 게 근사해요

앞으로 꽃길만 걸어요

제가 당신에게 행운이 되어 드릴게요

남은 당신의 인생에 없어서는 안 될

소중한 별이 되어 평생 반짝거려 드릴게요

당신에게 필요한 사람이 되어서

넉넉하게 만들어 반드시 아름답게 해 드리겠습니다

아를르의 침실

보잘 것 없는 침대 하나

식탁, 아무렇지 않게 놓여 있는 의자 두 개

오른 쪽에 인물화 두 점

창문, 옷걸이에 걸린 폭이 커 보이는 스카프

네 개의 액자, 옷가지 세 개

네 안에 있는 것들이야

어떻게 이런 것들이 나를 위로할 수 있었을까?

고흐는 무엇을 말하고 싶었을까

골똘히 죽음에 침잠해 있었던 나를

끄집어낼 수 있었던 이 그림의 힘은 무엇이었을까?

별스러운 것 없는 가재도구들
그 안에 들어 있는 슬픔
나의 그것과 맞닿아 꽃을 피웠는가?
그 꽃이 나의 죽음을 깨고
세상으로 나오게 했는가?

두고두고 고흐에게 고마워했다
만만치 않은 그의 삶, 나의 삶
어떤 생이든 그 고통은 닮아 있는가
고흐는 이 그림을 그리며 무슨 생각을 했는지
진짜 가서 묻고 싶다

영혼이 떨릴 정도로
천국에서나 볼 수 있을 것 같은 빛깔들
말로는 표현이 안 되는 살아 있는 그 터치
그 속에 담겨 있는 당신의 사상 그리고 사랑
내 모든 인생을 적시고 적시고

아틀르의 침실

그 속에 들어가 조용히 잠들고 싶다

가장 달콤한 잠으로 세상을 벗어나

깊은 계곡에 다다르면 그를 만날 수 있으리

뭘 그리 고뇌했는지

아직 다 하지 못한 그림은 무엇인지

혹 내게 할 말은 없는지 당신에게 넌지시 물으리라

말

당신 입에서 터져 나오는 것들이
내게 꽃이 되어 앉았습니다
벌이 되어 나비가 되어 날며
내 곁을 떠나지 않았습니다

세상에 많은 예쁜 것들을 보았지만
당신이 하는 말처럼 아름다운 것은 보지 못했어요

내 어깨를 타고 손목을 타고
무릎을 거쳐 발가락으로 내려가는 그 말은
온몸을 관통하며 인을 박았고
사랑이란 그림을 그리며 흘러내려 갔어요

당신의 말들이 퍼지면서 만들어 내는 것들이
얼마나 황홀한지 알고 있나요?
당신의 말은 생명이 있어서
내 안에 씨를 퍼뜨려 잉태를 합니다

80억이 넘는 이 사람들 중에서도
저는 당신의 말을 고를 수 있고
그 말이 떨어지는 지점을 찾을 수 있어요
당신이 떨어뜨리는 그 생명이
이 지구를 얼마나 환하게 만드는지

제 영혼 가득 그 말들을 잔뜩 담아서
천국 끝까지 뛰고, 또 뛰어갈 겁니다

21그램

사람이 죽는 순간

21그램의 몸무게가 줄어든다고 한다

가지가 2개

오이가 1개

살구꽃이 만 송이

그리고 내 숨이 오만 번

이 무게를 가늠해 보려고

애를 써 보았다

마종기 시인은 이 무게를
생명의 무게도 될까 했는데
나는 이 무게가 살아온 날의 공정한 무게 같다
누구나 똑같은

산 것은 다 달랐겠지만
공의로운 신은 죽을 때의 무게만큼은
공정하게 정했으니
어찌 살았든 21그램

이 무게를 생각하며
오늘도 나는 너에게 간다
너와 내가 죽으면 42그램이 주는데
너와 내가 살면 몇 그램이 더 늘어날런지

가을

네가 문 앞에 왔을 때
깜짝 놀랐어

어떻게 벌써 왔니?
난 준비가 덜 됐는데

이왕 왔으니
어디 한번 안아 보자

왜 이리 쓸쓸해
무슨 일 있었던 거니?

옷은 왜 이 모양이야
여름이 너에게 이리 해 놓고 간 거야?

이제 좀 숨을 들이쉬고
천천히 채비를 해 보자

너는 빨리 가면 안 돼
내가 너를 얼마나 좋아하는데

내 인생 늘 너만 같았으면
너의 그 넉넉함이 나를 지탱해 주고 있는데

나랑 같이 오순도순 살다가
천천히 아주 천천히 있다가 나도 모르게 가렴

사랑하기엔
아까운 여자

내가 사랑하기에
당신은 너무 아까운 여자였어요

저는 그걸 잘 알고 있었답니다
모른 척했을 뿐이지요

당신의 인품
당신의 재능
당신의 야망

어느 것에도 저는 견줄 수가 없었어요
아닌 척 고개를 돌렸죠

당신이 갖고 있는 것들은
나를 초라하게 했고
저는 말할 수 없이 작아졌어요

그걸 들키지 않으려고 헤어졌죠
당신은 잘 모를 거예요

당신이 버림받았다고 생각하나요?
제가 저를 버린 거랍니다
전 당신이 감당이 되지 않았어요

사랑이란 이름으로 덮기엔
당신이 너무 컸습니다
전 항상 곤고해서 고민에 빠졌죠
좋아하지만 내가 할 수 있는 일은 아무것도 없었어요

당신을 욕심으로만 붙들고 있을 순 없었어요
이 모든 것을 감추기 위해
전 당신과 헤어졌습니다

기억하세요
내 사랑이 부족하거나 얕아서 그런 게 아님을
당신이 너무 아까워서 보낸 것임을

3부

공세리 성당 같은
사람

첫눈

기억해요?

해마다 첫눈이 오면

당신 앞에 있을게

지금 하늘은 그 눈을

쏟아붓고

뭐가 아쉬운지

그렁그렁 또 울고 있어요

당신이 했던 약속은

첫눈처럼 사라지고

세상은 지금 온통
순백의 하늘나라네요

당신이 있는 그 나라가 여기 온 거지요?
그 다짐을 지키기 위해
당신이 온 거지요?

그곳도 첫눈이라는 게 있나요?
당신이 온 걸 보면
그런 거 같아요

저는 매년 첫눈을 봐요
당신이 했던 말도
첫눈과 엉켜서 폴폴 날려요

그 말을 할 때의 눈빛,
숨소리, 움직이던 손가락 끝
붉어졌던 볼우물까지 함께 흩어져요

몇 번만 더 첫눈을 보고

저도 당신 있는 곳으로 데려가 주세요

더는 혼자 보고 싶지 않아요

첫눈인지 눈물인지 분간이 안 되서

앞이 잘 안 보여요

그만 저를 이 어둠에서 끌고 가요

직선

너에게 직선으로만
가고 싶었다

에둘러 가지 않고
곧장 가고 싶었다

너를 만나고 뒤를 돌아보면
내가 온 길은 늘 곡선이었다

그리움에 치이고
외로움에 밟히고
한 번도 곧은 적이 없었다

앞으로는

너에게는

직선으로만 가고 싶다

모나지 않고 굽지 않게

너만 향해서 반듯이 가고 싶다

나를
아껴 주던 사람

당신이 좋았던 게
나를 아껴 준다는 느낌을 줬어요

살면서 누군가
그렇게 나를 아껴 주는구나, 하는
마음은 별로 받지 못했어요

그 느낌은 정말 아늑했어요
한가득 충만하고
내가 살아 있다는 게
굉장히 의미가 있어 보이고

누군가에게 소중한 사람이란 게
말할 수 없이 흥분이 됐어요

이제 당신은 떠나고
아무도 나를 아껴 주지 않아요
당신이 주었던 소중한 감정만
내 뇌리에 남아 뱀처럼 꿈틀거려요

사람이란 게 기억으로 사는 건지
그 행복한 느낌이 없어지지 않고 남아서
자꾸만 나를 끄집어내요

당신이 보고 싶지는 않지만
나를 아껴 주던 그 마음은 내 안에 살아서
그 생각만으로도 기운이 나고
어딘가에서 숨을 쉬며 살고 있을 당신이
존재하고 있다는 것만으로도
내 인생이 이상하게 찬란해질 것만 같아요

공세리 성당

공세리 성당 같은 사람이 있다
경건하고 고즈넉한
굳이 말을 하지 않아도 느껴지는
눈빛 하나만으로도 많은 말을 하는 사람

공세리 성당에서는 이상하게
말이 낮아졌다
주위에서 감도는 생명 같은 기운이
감정을 누르고 현명해지게 했다

이런 곳에서 평생 살고 싶다
죄와 상관없이
아무렇지 않게 살 수 있을 거 같은 곳
용서도 필요 없는 아주 평화로운 공간

당신에게서 그런 냄새가 난다
공세리 성당 같은
늘 조용하고 단정한 당신은
내 매무새를 만지게 하고
내 눈빛을 바르게 하고 입을 다물게 한다

고해성사를 하는 곳에서
당신을 떠올린다
그 어떤 죄도 없을 것 같은 당신
내가 당신을 사랑해도 될런지
이렇게 암흑투성이인 내가
당신에게 가도 될런지

내가 누군가를 연모한다면
신이 허락할런지
공세리 성당 같은 당신을
이 마음에 품고 살아도 되는지

부소산

그냥 나와

아무것도 걸치지 않아도 돼

저 산은 말야

있는 그대로 만나는 걸 좋아해

난 체하지 말고

있는 체하지 말고

속에 있는 것 다 까발려서

솔직하게 말하는 걸 좋아해

그동안 꺼내지 못한 것들

아무에게도 밝히지 않은 것들

오늘은 다 쏟아 내자고

이 산은 감추고 속이면
화가 나서 진저리를 치며 너를 몰아내

서 있을 수가 없지
다 버리고 다 비우고
그렇게 있어야 존재할 수 있게 해

깨끗하게 순수하게
막 태어난 아기의 눈동자 같은
그런 표정으로 봐야 웃을 수가 있어

가자
부소산에 가서
그동안 사느냐고 부대껴 온 처절한 것들을
옴팡 다 털어내고 새롭게 머리를 틀자
단정하게

미치광이 풀

가끔은

너를 먹고 싶다

사는 게 지루할 때

아무도 보고 싶지 않을 때

어떤 말도 하고 싶지 않을 때

종처럼 생긴 네 살을

뜯어 어기적어기적 씹고 싶다

독성을 너만 숨기고 있으랴
세상에 독이 없는 게 어딨어
사람도 저마다 자기의 독을 품고 산다

너의 야들야들한 허리와 팔
네 몸을 보고
사람들은 산나물인 줄 안단다

독을 가진 것들은 겉이 부드러워
음습한 깊은 숲속에서
네 알맹이들을 한없이 녹인다
아무도 네 독을 눈치채지 못하게

뿌리도 전초도
너 자신을 지키기 위해 독을 품었지만
그 독 때문에 너는
미치광이라는 이름이 붙었지

나는 네 이름이 좋다

사람이 누구한테 한번 미치광이인 적이 있던가

그렇게 미친 듯이 살아 본 적이 있던가

삶도 사랑도 너처럼 해보고 싶다

너를 오래오래 먹으면

몸이 가벼워져서 말처럼 달린다는데

그 말처럼 뛰어서 세상 끝까지 가 보고 싶다

목적

당신에겐

목적이 있었어요

당신이 떨어뜨린 말들이

내 혈관을 타고

심하게 몸부림치는 걸 보고 알았지요

새들도 말을 할 때는

그 날개를 몹시 흔들죠

당신은 그 새가 흔들 듯
내 심장을 흔들고 가슴을 흔들고
정중앙에 꽂혔지요

당신의 목적이 내 몸을
내 삶 전체를 마구마구 흔들며
진저리를 칠 때 알았어야 했어요

그 목적에서 달아나야 한다는 사실을

당신은 오늘도 그 목적을 두고
부지런히 달리고 있고
나는 그 목적을 피해
부리나케 도망가고 있습니다

사랑 · 1

아무렇지 않은 들의 국화꽃이 되어
당신의 식탁에 꽂히고 싶어요

빨주황색 피망이 되어
아삭아삭 당신에게 씹히고 싶습니다

따뜻한 아메리카노가 되어
당신의 목젖을 타고 흐르고 싶고

하얀 와이셔츠가 되어
당신의 목을 감싸며 포근히 멈추고 싶어요

진분홍 손수건이 되어

당신이 슬퍼 울음을 터뜨릴 때

그 눈물을 닦아 주고 싶고

한 그루 나무가 되어

평생 당신에게 따듯한 그늘이 되어 같이 있고 싶습니다

비처럼

당신과 헤어지고

내가 우는 것처럼 비가 오네요

이 지역이 생긴 뒤로

가장 많이 왔다고 합니다

저도 제가 태어난 이후로

가장 많이 우는 것 같습니다

당신과 내가 다니던 그 언덕도

무너져 내렸더군요

우리의 사연처럼
완전히 다닐 수 없게 되었어요

이 비도 언젠간 그치겠지요
내 눈물도 멈추겠지요

아무 일도 없었던 게 될 겁니다
그렇게 잊혀질 거예요

저 비처럼 우리의 추억도
아무렇지 않게 사라질 거예요

문

신은 한쪽 문을 닫으면
다른 쪽 문은 열어 둔대요

당신의 문이 다 닫혔나요?
잘 보세요
분명 열린 곳이 있을 거예요

제 문도 다 닫혔다고 생각한 적이 있습니다
갈 곳이 아무 데도 없었어요
누구 하나 저를 돌아보지 않았어요
하다못해 꽃들도 저를 향해 찡그린다고 여겼어요

바다 저 끝에 홀로 섰는 막막함
하늘 아래 천애 고아 같다는 외로움

아무리 소리를 쳐도 아무도 대답해 주지 않았어요
절망이라는 걸 끌어안고 끙끙 앓았습니다

숨을 쉬고 싶어 산을 찾았습니다
그때 당신이 말을 걸어왔어요
부여에는 처음 왔는지 한참을 두리번거리다가
부소산이 저기인가요?
부소산 주차장이라고 대문짝만하게 써 놨는데
쥐 소리만하게 묻더군요

막막함이 외로움이 덕지덕지
잔뜩 묻은 얼굴로 당신을 올려다봤지요
얼마나 해사하게 웃던지
하늘의 태양이 당신에게 이사 온 줄 알았어요

당신이 그랬지요
너무 아파 보여서 일부러 말을 걸었다고
당신은 부여가 고향이었고

더군다나 중학교 동창이라는 것도
나중에 알게 되었어요

내 아픔의 문은
당신의 말 한마디로 열리게 되었고
우리는 결혼까지 했답니다

그 후로 난 얼굴 속으로 별이 지는 사람을
그냥 지나치지 않았어요
당신이 나를 알아봐 준 것처럼 그렇게
말이라는 꽃다발을 건넸답니다

문은 다 닫힌 게 아니었어요
당신이란 다른 쪽 문이 있었던 거죠
사람들도 꼭 기억해 주길 바랍니다
한쪽 문은 꼭 열려 있다는 것을
그 문이 열릴 때 외면하며
막지만 않으면 된다는 것을

첫키스

멀리 폭설이 내렸었지요

그 눈을 보다가

당신은 나를 봤어요

저 눈이 여기에 있네

제 볼따구를 잡아 당겼죠

저 눈 옆에 동백이 보이니?

그 꽃잎이 무얼 닮았을까?

얼얼한 볼을 부여잡고

이번에는 내가 당신을 보는데

당신은 안 보이고 동백만 보였어요

하얀 눈은 안 보이고

새빨간 꽃잎만 나풀나풀 날렸어요

그 꽃잎은 흩어져 제 인생을 덮어 버렸어요

사랑 · 2

점 하나가
내게 왔습니다

그 점은 점점 커져
지구가 됐어요

나는 그 지구를 감당 못해
쓰러졌습니다

지구는 이내
우주를 불렀어요

우주는 쓰러진 나를 일으키더니

천국을 초대했습니다

천국에는

기운이 없는 나를 안고 있는

당신이 있었습니다

행복한 여자

아무것도 하지 않는 여자
생각도 별로 하지 않는 여자

경제 걱정도 없고
시댁 걱정도 없고
남편 걱정은 더군다나 없는 여자

그저 밥 먹고 기도만 할 줄 아는 여자
그게 가장 행복인 줄 아는 여자

욕심도 없고

시기도 질투도 미움도 없는 여자

잘 먹지도 않고 잘 자지도 않는 여자

조용히 신만 꿈꾸는 여자

사람들과 섞이지도 않고

그렇다고 사람들을 싫어하지도 않는 아름다운 여자

사람이 붙는 여자

모든 고민을 얘기하게 하는 여자

진달래 같은 개나리 같은 수수한 여자

그럼에도 알 수 없는 빛이 난무하는

눈을 뜨고 감히 바라볼 수 없는

이상한 기운이 감도는 여자

그녀에게서 나오는 말, 행동이

세상을 움직이는

우주를 뒤흔드는 신비한 여자

그 여자가 바로 접니다
말 그대로 행복한 여자입니다
세상에 부러울 게 하나 없는
오직 하늘의 그것만 소망하는
천상천하 한 명밖에 없는
진짜 행복한 여자입니다

4부

모든 슬픔을 뚝 떼어
똑같이 나눠 가졌던
그가 죽어 간다

2023년을 보내며

올해는

저에게 가장 잔인한 해였습니다

어떻게 당신을 만나

헤어질 수 있었는지

생각만 해도

주먹 같은 눈물이 뚝뚝 떨어져요

내 인생에 이런 날은 없었습니다

내가 누가 보고 싶어 울다니요

가당치 않은 일이 일어났어요
아무리 떠올려 봐도 믿기지가 않습니다

52년 내 삶에 한 번도 없었던
씻기지 않는 그리움이 목을 조여 왔어요

우습게도 시간은 흐르고 흘러
당신이 보고 싶지 않다니

엉엉엉 울던 내가 배시시 웃으며
잘 먹고 잘 살고 있습니다

올해 이 모든 일이 일어나긴 했었나요?
당신이 내게 정말 왔었나요?

삶이란 게 희미해요
내가 존재하는 것도 사랑이란 것도

가장 잔인한 해였지만

절대 잊을 수 없는 아름다운 해였습니다

평생 기억하며 두고두고 말할 거예요

그때 그게 사랑이었다고요

슬픔

- 알랭 드 보통의

『영혼의 미술관』을 읽으며

그거 아세요?

당신이 슬플 때

존경할 만한 경험에 참여하는 거라는 걸

슬픔이

예술을 만날 때 승화가 일어난답니다

천하고 보잘것없는 경험이

고상하고 세련된 경험으로 변화가 돼죠

승화라는 말은 화학에서 유래가 됐어요

액체 상태를 거치지 않고

바로 기체로 변화되는 과정입니다

슬픔이 예술을 만나면 꽃이 핍니다
아주 고요하고
자연스럽고 지당합니다
존재를 자각할 때
영혼에 있어야 하는 거죠
(페르난두 페르소의 『양떼를 지키는 사람』 중에서)

고통에도 품격이 있고
슬픔에도 품위가 있어요
슬픔은 웅대하며 어디에나 존재하는 감정이니
절대 외면하거나 내버리지 말아요

슬픔은 당신의 인생에 찬란한 선물이며
살아가는 유일한 에너지입니다

슬픔은 사람을 사람답게 해주며
삶을 더욱 삶답게 해주는 매력입니다

강릉

좋아하는 사람이 있는 곳은
그냥 좋은 법이야

내가 좋아하는 사람이
강릉에 사는데
나는 강릉이라는 말만 들어도 좋아

커피거리 말고 경포대, 정동진 말고
그 사람이 사는 그 동네 그 이름

강릉시 교동
이게 그렇게 좋은 거지

며칠 있으면 난 강릉으로 갈 거야
그 사람을 보러 가는 거지
생각만 해도 유쾌하고 행복하고

살면서 좋아하는 사람을 보는 게
가장 큰 낙인 거 같아

이지가지 많은 사는 이유들이 있지만
난 너를 만나러 강릉을 가는 게 이유야
동해안 고속도로를 달리고 달려
어둠을 잘게 잘게 부수고 환하게 갈 거야

너에게 가서 태양을 품고 미치게 안겨야지
깜짝 놀랄 만큼 너를 따듯하게 해줄 거야

강릉이라는 동네에서

너를 최고로 만들어 줄 거야

네가 세상에서 가장 멋있는 사람이란 걸

마구마구 지껄이다가 지껄이다가 잠들어야지

미친다는 것

감정이 소용돌이칠 때는
조금 쉬어 주어야 한다

안 그러면
미칠 것만 같다

사람이 미친다는 게
그리 어려운 일이 아닌 듯

여기서 조금만 더 나가면
내가 아닌 것 같다

시골 동네에는

늘 미친 사람이 하나씩은 있기 마련이다

그를 보며 낯설지 않았던 건

내 안에 비슷한 기운이 있어서

가끔은 나도 그랬으면

세상사 다 잊고 저리 살았으면

지금도 나는 이 미칠 것 같은 기운을

가까스로 꺾고 겨우 나로 돌아오고 있다

휴게소

내가 여기서

당신을 만날 확률이 얼마나 될까요

로또라도 맞아야겠죠

어렴풋이 보이는 실루엣은 아주 익숙했어요

30년 전에 헤어진 당신을

문막 휴게소에서 본다는 건 기가 막힌 일이죠

들를까 말까 고민을 하다가

조금 졸린 것 같아서 눈이라도 부칠라고

막 눈을 잔뜩 비비고 동그랗게 떠 보니
당신이 외소하게 서 있었어요 병자처럼

그때나 지금이나 눈빛만큼은 하늘을 찌를 듯
청명하게 나를 들여다보고 있더군요

내가 사랑한 저 눈시울 기다란 속눈썹
깜박일 때마다 쏟아 내던 무수한 언어들

여전히 당신은 침묵 속에서 나를 보며
늘 그랬듯이 많은 말들을 속삭이고 있더군요

마치 어제 본 사람처럼 자연스럽게
아무렇지 않은 듯 나를 쳐다보고 있었어요

목례를 했던가요 긴 고요 속으로
당신의 마음들이 환하게 피어오르는 게 보여요

금방이라도 몸은 쓰러질 것만 같은데
30년 전이나 지금이나 당신은 여전해요

말을 하지 않아도 당신이 무슨 느낌으로
나를 보고 있는지 세상에서 나만 알 거예요

당신 옆에 있는 여자 그리고 아이
내 옆에 있는 남자 모든 것이 그럴싸하지요

몇 초 안 되는 눈인사를 하고 당신은 차로 돌아갔고
우리는 밥을 먹기 위해 식당으로 갔지요

잘 가요 이제 당신을 또 어디서 볼 것인가
볼 수는 있으려나 잘 가요 다시는 보지 말기를 바라요

주어가
없는 언니

저 언니는 말을 할 때
주어를 빼놓는다

무슨 말을 하는지 도통 알아들을 수 없는데
열심히 말한다

저 인생에는 주어가 뭔지 궁금하다
주체가 없으니 대상도 모호하다

주어가 없는 언니는 이상하게 나를 좋아한다

동분서주 늘 바쁘고 심란한데
핵심이 없이 몰두하며 골몰해 있다

남편이 먼저 세상을 떠나 주어를 잃었는가
안쓰럽고 쓸쓸하고 뭔가를 마구 먹이고 싶다

언니 인생에 주어를 찾아 주며
잘 간직하라고 잊지 말라고 이게 주어라고

오늘도 언니는 자신의 삶에서
무엇이 빠진지도 모른 채 열심히 떠들고만 있다

몰라

내 별명은 몰라다

왜 늦었어?

몰라요

밥은 먹었어?

몰라요

뭘 몰라?

몰라요

나는 정말 모르겠다
왜 늦었는지
진짜 밥은 먹었는지

사는 게 뭔지
왜 자는지
왜 먹는지
내가 뭘 하는지
나는 누구인지
모르겠다

늘 내 대답은 몰라다
정말 몰라서이다

언어의
온도

당신의 언어에는
온도가 있어

섭씨 36.5도를 넘는
따뜻한 기운이

당신이 말을 하면
사물의 온도도 올라가

그 안에 갇혀
꼼짝없이 말을 잃어

심장은 타 들어가고

얼굴은 화끈거리고

잘 익은 언어를

적당한 온도로 전달하는 당신

당신의 그 온도로

내 인생은 늘 봄이야

내게서 나가는 언어도

당신을 닮아서 늘 따뜻해

상실의 시대

무라카미 하루키의
이 소설을 읽으면서
엷은 막 같은 것을 보았다

텍스트 전체를 휘감고 있는
이것은 나를 어지럽게 했다

황홀한 것도 아니고 언짢은 것도 아닌
묘한 감정은 슬픔이었던 거 같다

원래 노르웨이 숲이었던 제목을
왜 우리나라에서만 상실의 시대라고 했는지
그 이유가 설명이 되는 부분이었다

더 이상 잃을 것도 없는
아무것도 소유할 수 없는
말로 표현할 수 없는 서러움이 폭발했다

이건 어쩜 삶의 다른 이름 같았다
하루키는 이것을 이토록
잘 묘사했고 독자들을 매료시켰다

우리는 살아가지만 이 사는 것에 대해
딱히 설명할 방법이 없다
어떻게 우리가 존재하고 있는지
훌륭하게 말하고 있는 소설

그는 사 밀리미터쯤 고개를 끄덕였다

미도리의 아버지를 화자가 간호할 때의 표현이다
그의 문장은 이렇듯 특별하다
그 이상한 기운은 작품 전체를
묘하게 감싸며 모든 죽음을 삶으로 뒤바꾼다

그때 나는 퍼뜩 생각했습니다
틀림없이 나는 군조 신인상을 탈 것이라고
그리고 그 길로 소설가가 되어 어느 정도 성공을 거둘 것이라고
하루키의 이 고백은 사실이 되어
우리 앞에 당당히 그 위세를 뽐내고 있다

폐암 4기

그 사람 친구가
폐암 4기란다

맘 같아서는
그 사람이 그랬으면 좋겠는데

그와 헤어지고
그 아픔을 같이 해준 사람

그보다 나에게
더 심혈을 기울인 사람

모든 슬픔을 뚝 떼어
똑같이 나눠 가졌던 그가 죽어 간다

그러면서도 웃는다
이제는 그 상처가 다 나았냐고 하면서

덕분에 조금은 쉽게
그를 잊고 훌훌 털 수 있었는데

이제는 당신이 내 발목을 잡고
꺼이꺼이 울음을 토해 내게 한다

강력본드

손에

강력본드가 잔뜩 묻었다

손가락 사이가 떨어지지 않았다

그 모습을 물끄러미 바라보며

이 본드로 너와 나 사이를 메꾸고 싶었다

이렇게 갈라서지 못하게

한 웅큼 뭉쳐서 꽁꽁 싸매고 싶었다

얼마 지나자 손가락은 벌어졌고

하얀 가루가 덕지덕지 남았다

찐하게 붙어 있다 떨어진 잔상들

너와 나 사이도 이렇듯

함께 있다 헤어지면 많은 파편들이 남는가

아무리 씻어내도 금방 없어지지 않았다

마치 너와 내가 이별을 하고

살아가는 내내 우는 것처럼 아팠다

한참이 지나 온데간데없어진

자욱들을 보며 너와 나도 그렇겠구나 했다

언제 그랬냐는 듯 말끔하게 씻겨진 손으로

그냥 그렇게 또 살아가겠구나

헐수할수없다

헐수할수없다
이 단어를 보며
웃음을 참을 수가 없었다

어떻게 해 볼 도리가 없다
가난하여 살 길이 막막하다
단어 모양새나 그 뜻이나
어쩜 이렇게 딱 맞는지

헐수할수없다
이 말이 왠지 자유롭게 보였다

아무것도 할 수는 없지만
그래도 슬프지는 않았다

우리는 살아가면서
헐수할수없을 때가 참 많다
생전 가난해 보지 않은 사람도 있겠지만은
적어도 그 마음만큼은 이럴 것이다

헐수할수없을 때가 아무리 계속된다 해도
이 단어에서 느껴지는 여유처럼
그렇게 헛헛하게 실컷 웃으면서
아주 느긋하게 천천히 살고 싶다

5부

오래된 남편
같은

볼우물

네 그 우물 속으로
깊이 빠지고 싶었어

허우적대며 거기서
영원히 살고 싶었어

절대 나를 꺼내면 안 돼
더 깊이 들어가 너를 만날 거야

환한 네 얼굴에 패인
그 아름다운 것에는 마법이 실려 있어

한 번 들어가면 나올 수 없는
그 맛을 보면 떠날 수 없는

그 속에 들어가면
내 모든 감정은 잠금 해제

오롯이 그리움만 남아
끝이 없는 달콤한 미로를 헤매는

편집

신은 천지를 창조할 때부터
편집을 했다

빛과 어둠을 나누시고
물 가운데 궁창이 있어
물과 물로 나뉘라 하시고
궁창 아래의 물과 궁창 위의 물로
나뉘게 하시니

광명체들이 있어
낮과 밤을 나뉘게 하고

빛과 어둠을 나뉘게 하시니

삶이란 편집이다
신이 그랬던 것처럼
사람도 시간을, 하루를,
인생을 편집하며 산다

어디 어느 곳에 나를
놓아둘 것인가
내 마음과 시간을
어떻게 배열할 것인가

편집의 기술에 따라
행불행이 나뉘고 성공이 나뉘고
결국 삶이 서는 곳이 달라진다

당신을 보라
영과 혼과 육이 어디에 있는가

삼위가 일체되어 같이 움직이는가
늘 따로따로 제멋대로 사는가

영혼의 존재도 잊고
뭣 때문에 사는지도 모르고
편집의 모든 기능을 잃은
당신의 이름은 방황이라

자신의 것을 제대로 모아
각기 제 위치에 놓고 살아야 할지니
인생을 똑바로 편집하라

남의 시선 의식하지 말고
가족들의 상관 개의치 말고
배우자의 간섭도 신경 안 쓰고
오롯이 당신 인생 하나만을
맘껏 편집하며 신처럼 살기를

너와
나의
숫자들

3779

3468

너와 관련된 숫자들만 보여

세상에서 너 하고 나만

아는 숫자들

그 아라비아 숫자들처럼

십진법으로 추억들이 흔들려

사람의 손가락에서 만들었다고
열 배마다 새로운 자리로 옮겨 간대

저 숫자들이 우리에게 주는 기억을
놓지 말고 평생 살아가자

지치고 힘들어 생을 놓고 싶다가도
3, 7, 9, 4, 6, 8
하나만 보더라도 다시 살고 싶어지게

낙화암

사람들은 말한다

저기에서 3천 궁녀가 빠져 죽었을 리가 없어

낙화암에 앉아서

그 궁녀들의 영혼과 얘기를 나눠 본다

백마강에서는

스스로 목숨을 끊는 사람들이 많지요

죽기에 딱 맞는 곳이라 그럴 거예요

이 강은 죽음도 깊이 받아들일 줄 알아요

우리가 여기에서 죽지 않았다 해도
3천 명은 묻혀 있답니다

강물의 두툼한 어깨에 기대어
그 넓은 가슴에 안기어 편안히

삶보다 더 찬란한 게 죽음인데
1500년 전 우리는 꽃으로 피었답니다

임금에게는 못 갔을지언정
강에게 가 강과 사랑하며 강을 품었지요

1500년 전 우리는 꽃이 되어
강과 그 살결을 섞으며
백마강 그 한 자락을 빨갛게 물들였지요

그 물이 흐르고 흘러 많은 사람들이

골똘히 죽음을 생각하게 하는 강이 되었답니다

낙화암

꽃이 떨어지는 그곳에 삶도 떨어지고

멀리 백마강은 그 낙화를 홀로 감당하며 푸릅니다

너와
한 달 살기

너와 꼭 한 달만
같이 살아보고 싶은데
그러면 안 될까

와이프도 있고 애도 그렇고
불가능해요 형수님

완전히 안 될 것 같지는 않은데
나랑 살아 보는 게 싫은 거지

그건 아닌데

여건이 힘들잖아요

난 반드시 너랑 살아 볼 테야
내 생애 너처럼 날 유쾌하게
해주는 사람은 없어

한 달 내내 기분 좋게 살고 싶어
그게 어떤 기분인지 맘껏 누리고 싶어
살면서 그런 호강이 어디 있겠니

남편이랑 셋이 살자
내가 잘해 줄게
그냥 너는 하던 대로만 하면 돼

아침도 같이 먹고 싶고
저녁도 매일 함께 있고 싶어
너의 명랑함과 쾌활함을
삶 속에 마구마구 넣어서

멋지게 통쾌하게 살아 봐야지

생각해 봐

죽기 전에 딱 한 번만 부탁해

후회하지 않게 해줄게

근사하게 한 번만 살아 보자

난처한 일

잘 지내던
사람이 너무 싫어질 때

겉으로는 절대 내색은
할 수 없고

아무 일도 없었던 것처럼
지내야 할 때

자신이 정말 싫어지지만
어쩔 수가 없으니

전혀 그러지 않은 것처럼
웃고 떠들어 대는데

살면서 그것처럼
난처한 일도 없는 거 같다

후회
(사르가소 : 해양 사막)

해양 사막
해안도 바람도 파도도
없는 바다

움직임도
밀려오는 물결도 없는 곳

문어발처럼 보이는 해조류가
덮고 또 덮고

죽어 있는 이 바다
로랑스 드빌레르는
이 바다를 후회라고 했다

나가지도 물러서지도 못하고
정처 없이 서성이는

후회도 인생의 한 여정
내가 가는 수많은 길 중의 하나

묵묵히 이 후회의 사막을 걸어
시원하게 바람을 뚫고 가기를

멍

살다 보면
나도 모르게 멍이 든다

팔뚝에 허벅지에
정체를 알 수 없는데
시퍼렇게

너를 만나는데도
멍이 든다

가슴에 심장에

두개골 속에 새빨갛게

역시 원인을 모르겠는
이것들은 내 그리움의 탓인가

몸에 든 멍도
마음에 든 멍도 쉽게 가실 줄을 모른다

바다
(바다라는 시로 분주한데
그가 『모든 삶은 흐른다』를
읽어 보라고 했다)

저렇게 아름다운 걸
누가 만들었을까

인생을 제대로 배우려면
바다로 가라고 했다

모든 악을 씻는 바다
그 어떤 것에도 순응하지 않는
마지막 야생 지대

바다가 없다면

우리의 꿈과 상상력은
바다는 우리에게 자유를
미루지 말라고 한다

광견병을 치유해 주고
우울증 신경증까지 낫게 해주는

사랑이 무엇을 할 수 있는지
설명해 줄 수 있는 건 바다뿐이다

위로가 되면서도 절망이 되고
기쁨을 주면서도 모욕감을 주는

사랑과 바다는 기적 같지만
그 타격은 지독하고 아프다

바다를 모르는 사람은 없지만
정말 아는 사람은 한 명도 없으리

따분

곰돌이 푸와 피글렛이
토끼네 집에 놀러를 갔어요

빨간 티셔츠를 입은 푸와
분홍색 수영복을 입은 피글렛

나오면서 말을 합니다
토끼는 참 영리해 똑똑해

둘 다 맞장구를 치며 인정을 합니다
그래서 토끼는 아무것도 이해하지 못하나 봐

푸의 이 말이 나에게 꽂혔습니다
자기가 이미 다 안다고 생각하는 사람은 즐겁지가 않아요

자기 생각의 안개에 갇힌 사람은
현재에 관심을 쏟지 못하지요

푸처럼 눈을 동그랗게 뜨고
감각과 마음을 깨우고
매 순간 새로움을 알아차려야 해요

토끼 같은 사람과는
전혀 마법 같은 일이 일어나지 않습니다
그저 따분하기만 하지요

온도에 대한 욕망

이렇게 추운 날은
당신과 아주 뜨거운
잔치국수 한 그릇을 먹고 싶어요

얼어 버린 빈 마음을
그 국물로 훙건히 녹이고
당신과 실컷 웃고 싶어요

그래도 추워지면
장작불 피운 그 동네로 가
지글지글 삽겹살을 구워서
소주 한 잔 척 걸치고
당신 품에 철퍼덕 안기고 싶어요

잔치국수의 온도
장작불의 온도
삼겹살, 소주의 그 온도는
당신 가슴의 온도와 하나가 되어
나를 녹여 버리겠죠

늘 당신의 그 온도에 갇혀
그 선에서만 머물고 싶고
그 온도에서만 평생 숨 쉬고 싶어요

내가 어디에 있어도
무엇을 한다 해도
당신이 정해 준 온도에 맞춰
눈을 뜨고 눈을 감고
그렇게 살고 싶고
그렇게 죽고 싶어요
그렇게 사랑하고 싶어요

고모

한 마리 강아지처럼
그 어떤 긴장감도 주지 않고
그저 있는 그대로 대할 수 있는 사람

이모도 아닌 그런 고모를
난 좋아한다

너무 자유로워서 고등학생인
내가 보기에 푼수 같기도 하고
어처구니가 없어서 이상한 사람

지금은 열아홉인 내가 스물이 되고
서른, 마흔이 되면 이런 고모가 어떨까

술을 사 달라면 술을 사 주고
담배를 사 달라면 담배를 사 주는
그래서 엄마와 아빠가 싫어하는 고모

그녀는 늘 나에게 맑음을 선물하고
인생이 별 거 아니라고 누누이 말한다
그러니 니가 살고 싶은 대로 살라고
니가 하고 싶은 것만 맘껏 하며 살라고

이런 어른을 본 적이 없다
하지 말아라 그러면 안 된다
꼭 이렇게만 살아야 한다
온통 이런 사람투성이인데
고모만이 나에게 자유를 준다

내일은 기숙사에 들어가는 날이다
드디어 지긋지긋한 부여를 떠나는 날이다
기념하여 고모랑 마지막 저녁을 먹는다
새로운 대학 생활에 바짝 긴장한 나

대학, 별거 아니야 대충 살아
단, 니가 하고 싶은 일이 뭔지
정확하게 알아내야 해
그러면 그때 고모가 실컷 도와줄 테니까
사랑한다

오래된 남편

당신은

꼭 오래된 남편 같아요

너무 오래 살아서

남편인지 아닌지 구분도 안 되고

서로 살 섞을 일도 없고

기침 소리만으로도

몸이 어떤지 알 수 있고

눈빛 하나만으로도

심정을 가늠할 수 있고

싫어하는 게 뭔지
내가 어떻게 해 주길 원하는지
말 한마디만 들어도 대번에 아는 사이

참 좋은 관계에요
살면서 오래된 남편 같은 사람은 첨이에요
남편은 아닌데 남편이라니

든든하고 미덥고
세상 부러울 게 하나도 없게 만드는 사람
연인도 친구도 아닌
그냥 오래된 남편 같은

에필로그

시.

등단을 하고 25년간 쓰지 않았다.

말 그대로 등단만 한 것이다.

서울에서 살다가 부여에 내려온 지 3년.

문득 시를 다시 써야겠다는 생각을 했다.

왜 그랬는지는 나도 모르겠다.

사실 내 시라는 게 우습다.

남편은 초등학생 일기라고 했다.

저명한 편집자들은 출간을 반대했다.

혹자는 쉽고 재밌다고도 했다.

초등학교 때 내가 쓴 시가 교지에 실렸다.

중학교, 고등학교 때도 그런 것 같다.

등단도 엉겁결에 했다.

내가 시인일까?

내가 시인인지 잘 모르겠다.

사람들은 내가 사는 방식이 시, 같다고는 한다.

자유로운 영혼.

내 별명인데, 내가 봐도 시처럼 사는 것 같긴 하다.

「행복한 여자」라는 시처럼 해맑게 살고 있다.

천진난만한 아줌마.

그 기운이 독자들에게 전해지길 바란다.

사는 게 어디 쉬운가.

다들 자기만의 고민에 파묻혀 산다.

그런 이들이 단 1초라도 웃을 수 있다면.

나는 솔직히 더 바라는 게 없다.

부여에서 윤나경

오래된 남편

1쇄 발행 2024년 6월 17일

지은이 윤나경

펴낸이 김제구
펴낸곳 리즈앤북
편집디자인 DESIGN MARE
출판등록 제2002-000447호
주소 04029 서울시 마포구 잔다리로 77 대창빌딩 402호
전화 02-332-4037 팩스 02-332-4031
이메일 ries0730@naver.com

값은 뒤표지에 있습니다.
ISBN 979-11-90741-40-803810